Das neue Mädchen

original story by
Jennifer Degenhardt

Translated by Madelyn McCullough

Edited by Brigitte Kahn & Andrew Graff

cover art by Dayon Ketchens

To everyone who is new in a new place –
especially if you're far from home – may you
feel welcomed.

Inhalt

DANK

In keeping with my plan to provide opportunities for students, I thank Maddie McCullough, a German Language and Cultural Studies college student, for her work in translating and adapting this story. It was her first time with a task like this and she was wonderful to work with!

Brigitte Kahn spent considerable quality time revising this manuscript to make it comprehensible for learners of German. Her expertise in German and as a teacher of the language is invaluable. Thank you!

Andrew Graff, also a teacher of German, offered his skills as well, to the glossary and including some cultural elements to the story that add to the best telling of the relationship between Esra and Lukas. I am appreciative of his help always.

Thank you, too, to Dayon Ketchens who is also a college student studying German and linguistics. He worked on the glossary and created the cover art for this book. I am grateful for his time and effort in helping me to publish this book.

Kapitel 1
Lukas

Ich heiße Lukas, und ich bin 17 Jahre alt. Ich komme aus Starnberg. Das ist in Bayern. Ich bin groß, schlank und sportlich. Ich mag Fußball und Schifahren. Ich spiele für die Fußballmannschaft in meiner Stadt.

Ich höre auch gern Musik, am liebsten Rock und Pop. Klassische Musik höre ich nicht gern. Ich esse auch gern. Ich mag italienisches und chinesisches Essen. Mein italienisches Lieblingsrestaurant ist Castello, und mein chinesisches Lieblingsrestaurant ist TuNong. Ich mag italienisches und chinesisches Essen sehr gern, aber japanisches Essen mag ich nicht.

Ich wohne mit meiner Familie in Starnberg. In meiner Familie gibt es fünf Personen: meinen Vater, meine Mutter, meine Schwester, meinen Bruder und mich. Mein Vater heißt Matthias, und er ist 47 Jahre alt. Meine Mutter heißt Katja, und sie ist 45 Jahre alt. Meine Schwester heißt Lena, und sie ist 14 Jahre alt. Mein Bruder heißt Max, und er ist 11 Jahre alt. Meine Familie wohnt in einem großen Haus. Unsere Adresse ist Seeblickweg 9. Unser Haus ist weiß. Meine Familie hat drei Autos: mein Vater hat ein Auto, meine Mutter hat ein Auto, und ich habe auch ein Auto. Mein Auto ist ein Jeep, aber ich darf noch nicht auf der Straße fahren, weil ich noch keinen Führerschein[1] habe.

Ich bin Schüler im Gymnasium Starnberg. Meine Schwester geht auch dort in die Schule. Mein Bruder geht in die Mittelschule. Mein Vater arbeitet in einer Bank in München. Meine Mutter arbeitet nicht, aber sie ist eine freiwillige Helferin bei vielen Organisationen.

---

[1] Führerschein: driver's license

Kapitel 2
Esra

Ich heiße Esra, und ich bin 16 Jahre alt. Ich komme ursprünglich aus der Türkei. Zuerst haben wir in München gewohnt, jetzt wohne ich aber mit meiner Familie in Starnberg. Ich bin neu hier in Starnberg. Ich bin klein. Ich bin nicht dick, aber auch nicht dünn. Ich bin in der Mitte. Ich mag Fußball sehr gern. Meine Lieblingsmannschaft ist FC Bayern München. Ich mag...nein, ich liebe Essen! Das Lieblingsessen meiner Familie ist natürlich deutsches und türkisches Essen! Ich mag Suppe mit Nudeln. Baklava mag ich auch. Aber das Essen, das ich am liebsten mag, ist ein deutsches Essen. Es heißt Sauerbraten mit Knödel[2].

---

[2] Sauerbraten: a German dish made of tender marinated beef, served in a savory brown sauce, most often served with potato or bread dumplings.

Ich wohne mit meiner Familie in einer Wohnung in einem Ort bei Starnberg, der Schorn heißt. In meiner Familie gibt es sechs Personen. Ich lebe mit meinem Vater, meiner Mutter, meinen zwei Schwestern und meinem Bruder. Mein Vater heißt Ahmet, und meine Mutter heißt Miray. Mein Bruder heißt Emir. Meine Schwestern heißen Nehir und Zehra. Emir ist 19 Jahre alt. Er arbeitet und studiert an der

Universität in München. Die Universität heißt Technische Universität München. Nehir ist 12 Jahre alt und Zehra ist 8. Nehir geht in die Mittelschule in Starnberg und Zehra ist eine Schülerin in der Grundschule.

Mein Vater arbeitet bei einer Baufirma, die ME Bau GmbH heißt. Die Firma ist in Oberhaching bei München. Meine Mutter putzt Häuser für die Familien in Starnberg. Sie arbeitet für eine kleine private Firma. Meine Familie wohnt jetzt in Starnberg, weil es hier sehr gute Schulen gibt.

Kapitel 3
Lukas

Die Schule beginnt in zwei Wochen. Ich brauche neue Schulsachen. Dieses Jahr habe ich viele neue Klassen: Leistungskurse[3] in Mathe und Naturwissenschaft, Geschichte, Deutsch und Englisch. Ich habe keine Kunstklasse, weil ich Kunst nicht mag. Ich mag Musik, aber ich habe auch keine Musikklasse.

Ich muss zu *Müller* gehen. Ich fahre mit dem Bus, um die Schulsachen zu kaufen. Ich brauche neue Hefte, Papier, Bleistifte, Kugelschreiber und einen neuen Taschenrechner. Im Bus höre ich ein Lied im Radio. Es heißt *Yapma*. Es ist ein Ohrwurm[4]!

---

[3] Leistungskurse: AP-like courses
[4] Ohrwurm: ear-worm; catchy song

Kapitel 4
Esra

Es gibt gutes Wetter an diesem Sommermorgen.

„Mama, ich gehe zur Arbeit im Döner Bistro. Tschüss."

„Tschüss, Esra."

Ich nehme den Bus zu meiner Arbeit. Ich bin Kellnerin im Döner Bistro. Ich arbeite hier mit anderen Leuten aus der Türkei. Ein Mann heißt Furkan, und er kommt aus Antalya. Sein Bruder heißt Ali. Eine Frau heißt Sebnem, und sie kommt aus Istanbul. Ich freue mich, dass ich mit ihnen Türkisch sprechen kann. Nach der Arbeit werde ich zu Müller gehen, weil ich ein paar Schulsachen brauche. Dieses Jahr werde ich in eine neue Schule gehen, das Gymnasium in Starnberg. Ich muss mit dem Bus fahren, weil ich kein Auto habe.

Im Bus höre ich ein Lied von dem Musiker C Arma. Er ist ein deutscher R&B-

Sänger türkischer Abstammung[5]. Er singt auf Deutsch, aber der Song *Yapma* hat einen Refrain auf Türkisch.

Bei Müller suche ich nach den Schulsachen, die ich brauche. Ich werde neue Kurse haben: Biologie, Geometrie, Sozialkunde, Englisch, Deutsch und Chor. Und natürlich habe ich Sportunterricht. Ich habe keine Informatikklasse, denn ich mag Technologie nicht sehr gern. Die Stifte habe ich schon, aber ich brauche noch Hefte, Ordner und einen neuen Taschenrechner.

Ich finde die Ordner und den Taschenrechner, aber jetzt brauche ich noch die Hefte. Plötzlich sehe ich einen gutaussehenden Jungen. Er ist schlank und groß, mit blonden Haaren und blauen Augen. Er trägt ein T-shirt, auf dem „FC Starnberg" steht. Wie interessant. Vielleicht ist er ein Schüler am Gymnasium in Starnberg.

---

[5] Abstammung: heritage or background

Kapitel 5
Lukas

Grrrr… Wo sind die Hefte? Ich habe den TI-89 Taschenrechner, den ich für Mathe mit Herrn Lackner brauche. Die Matheklasse ist sehr schwer, aber interessant. Herr Lackner ist ein guter Lehrer. Er ist auch sehr nett. Ich habe auch das Papier und die Stifte gefunden. Ich finde die Marker und die Ordner, aber nicht die Hefte.

In diesem Moment sehe ich ein sehr schönes Mädchen. Sie ist klein und hat lange, schwarze, glatte Haare. Sie hat auch riesige braune Augen. Sie trägt ein grünes Hemd mit den Worten „Döner Bistro". In ihren Händen hat sie ein paar Ordner, Stifte und Hefte.

„Hi," sage ich zu ihr.

„Hi," sagt sie.

„Ich brauche auch Hefte für die Schule. Weißt du, wo sie sind?"

Mit einem breiten Lächeln sagt sie: „Sie sind in Gang 4."

„Toll. Danke," sage ich zu ihr.

Das Mädchen sagt nicht sehr viel, aber sie ist sehr nett. Und sie ist sehr schön. Ich frage mich, ob sie in das Gymnasium in Starnberg geht?

Kapitel 6
Lukas

Ich bin auf dem Weg nach Hause. Morgen ist der erste Tag des Fußballtrainings. Ich habe ein paar neue Hemden, neue Shorts, neue Stutzen und neue Stollenschuhe.

„Hi, Mama. Hier ist deine Kreditkarte. Ich habe meine Schulsachen gekauft. Was gibt es zum Abendessen?"

„Papa kommt vor 21 Uhr nicht nach Hause. Dein Bruder ist bei einem Freund, deine Schwester ist beim Ballett, und ich esse mit meiner Freundin. Hier sind zwanzig Euro, du kannst dir eine Pizza kaufen."

„OK. Wo ist meine Fußballtasche? Morgen habe ich Training."

„Deine Tasche ist hier. Du hast alles, was du für das Training brauchst."

„Toll. Danke."

Mit meinem Handy schreibe ich eine Nachricht an meinen Freund Florian:

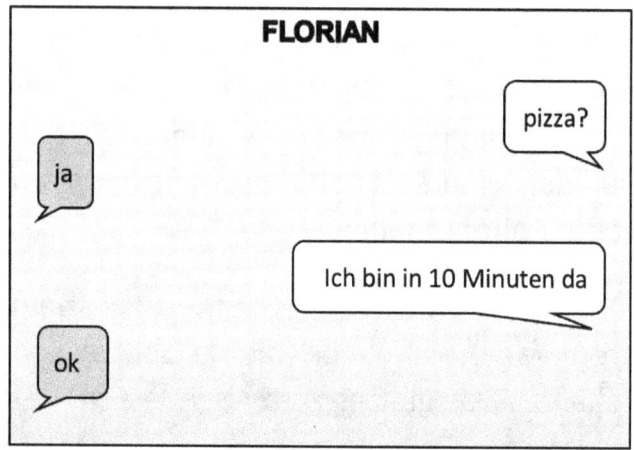

Auf dem Weg zu Florians Haus höre ich Musik auf meinem Handy. Ich höre den Song „Doppelherz" von Herbert Grönemeyer und dem Rapper BRKN. Ich mag das Lied. Und der Text ist super, er ist halb auf Deutsch und halb auf Türkisch. Naja, ich kann kein Türkisch...

Florian kommt aus seinem Haus. „He," sagt er.

„He," sage ich zu ihm. „Meine Familie ist zum Abendessen nicht zu Hause."

„Meine Eltern sind auch nicht zu Hause. Typisch."

„Ja, aber ich mag das nicht. Ich esse lieber mit meiner Familie."

„Ja," antwortet Florian. "Wir haben morgen Training. Bist du bereit?"

„Ja. Und in zwei Wochen beginnt die Schule. Ich kann es nicht glauben!"

„Es ist aber unser letztes Jahr. Das ist toll!"

„Stimmt. Stimmt. Willst du nach dem Essen ein Eis kaufen?"

„Gute Idee."

Kapitel 7
Esra

Ich habe alle neuen Schulsachen, die ich gekauft habe, und ich nehme den Bus zu unserer neuen Wohnung in Starnberg. Ich frage mich: Wer ist dieser Junge? Er sieht sehr gut aus mit seinen blonden Haaren und blauen Augen. Geht er auf das Gymnasium in Starnberg? Spielt er Fußball? Werde ich ihn wiedersehen?

Als ich in die Wohnung komme, begrüße ich meine Mutter und meine kleinen Schwestern. Ich muss meine Fußballsachen packen, weil morgen der erste Trainingstag ist. In meinem Rucksack habe ich ein Hemd, Shorts, Stutzen, Stollenschuhe und eine Wasserflasche. Nach dem Training muss ich in die Arbeit gehen, also habe ich auch meine Uniform in meinem Rucksack.

„Esraaaaa," ruft meine Mutter. „Ich brauche deine Hilfe in der Küche."

„Ich komme."

Ich gehe in die Küche und helfe meiner Mutter mit dem Abendessen. Ich mache einen Salat, während meine Mutter Huhn und Reis kocht. Dann kommt mein Vater von der Arbeit nach Hause.

"Merhaba aile!" sagt er. Dann sitzen wir alle beim Abendessen.

Kapitel 8
Esra

Ich nehme meinen Rucksack und gehe zur Bushaltestelle, die nur ein paar Blöcke von der Wohnung entfernt ist. Als ich in der Schule ankomme, spreche ich mit Frau Weiss. Sie ist Lehrerin am Gymnasium, aber auch die Fußballtrainerin von der Mädchenliga des FC Starnberg. Die Fußballmannschaft trainiert auf dem Fußballplatz vom Gymnasium Starnberg. Ich sage ihr, dass ich neu am Gymnasium bin und dass ich eine gute Fußballspielerin bin.

„Hi," sagt sie zu mir. „Wie heißt du?"

„Ich heiße Esra Yavuz," antworte ich.

„Willkommen in Starnberg. Als Erstes musst du dich mit den anderen Mädchen von der Mannschaft aufwärmen."

„Ok. Danke."

Ich gehe zu der Gruppe, und wir laufen auf der Laufbahn. Auf dem Fußballplatz sehe ich einen Jungen. Er ist groß und gutaussehend, und er hat blonde Haare. Oh! Es ist der Junge von Müller. Er muss ein Schüler hier sein.

*****

Lukas

Es ist 10 Uhr morgens. Wir trainieren zwei Stunden lang, und alle sind müde.

Florian sagt zu mir, „Sieh dir das neue Mädchen an. Sie läuft sehr schnell."

„Ja. Sie ist sehr sportlich. Und auch sehr schön."

„Was machst du heute Nachmittag?" fragt mich Florian.

„Zuerst habe ich eine Tennisstunde mit meinem privaten Trainer. Und dann spiele ich Basketball im Tennispark. Willst du mitspielen?"

„Ja. Ok. Schick' mir eine SMS."

„Ok."

*****

Esra

Das Fußballtraining ist toll. Ich dribble den Ball sehr gut, und Frau Weiss sagt: „Ausgezeichnet, Esra." Nach dem Training spreche ich mit einem der Mädchen. Sie heißt Emilia. Emilia ist nicht groß, aber auch nicht klein, und sie hat lange, braune, lockige Haare.

„Heißt du Esra?" fragt sie mich.

„Ja," sage ich zu ihr.

„Hi. Ich bin Emilia. Und das ist meine Freundin Karoline."

Karoline ist komplett anders als Emilia. Sie ist groß, sehr dünn, und hat glatte, blonde Haare. Ihre Haare sind auch sehr lang.

„Hi, Karoline."

„Hi, Esra. Dein Name ist sehr interessant. Er gefällt mir."

„Danke. Es ist ein türkischer Name. Meine Familie kommt aus der Türkei," antworte ich.

„Wirklich? Das ist toll! Hast du Geschwister?" fragt mich Karoline.

„Drei. Einen älteren Bruder und zwei jüngere Schwestern."

„In meiner Familie gibt es auch vier Kinder," sagt Karoline. „Meine Brüder sind Zwillinge und sind 15. Meine jüngere Schwester ist 8."

„Spricht deine Familie Türkisch?" fragt Emilia.

„Ja," antworte ich. „Wir sprechen Türkisch zu Hause, und manchmal Deutsch."

„Grandios," sagen Emilia und Karoline.

„Ich muss jetzt aber gehen. Ich muss arbeiten."

„Du arbeitest? Wo?"

„Ich arbeite im Döner Bistro. Ich bin Kellnerin."

„Ok. Tschüss."

„Ich sehe euch morgen beim Training."

Kapitel 9
Lukas

Es ist der erste Tag im neuen Schuljahr. Ich gehe zu allen meinen neuen Klassen und sehe meine Freunde. Beim Mittagessen in der Cafeteria reden wir über den Sommer und Sport. Und natürlich über Mädchen. Florian ist nicht hier, also schicke ich ihm eine SMS.

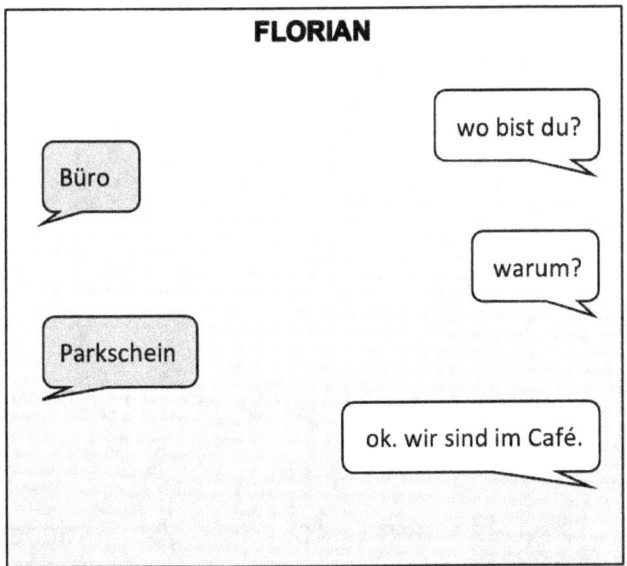

Ich spreche mit Markus, Jonas und Simon. Sie sind alle seit der dritten Klasse meine Freunde. Florian spielt Fußball mit mir, und Markus spielt Basketball. Jonas fährt Schi im Winter und Simon... Simon macht keinen Sport. Simon ist der kluge Freund. Er ist der Intellektuelle in unserer Gruppe.

„Welche Klassen hast du dieses Jahr, Simon?"

"Ich habe einen Mathe-Leistungskurs mit Herrn Lackner, einen Biologie-Leistungskurs mit Herrn T, Geschichte mit Frau Lux und Englisch mit diesem verrückten Herrn Meyer."

„Oooh. Du hast viele schwere Klassen. Sorry."

„Diese Klassen sind leicht für mich. Ich bin sehr klug."

„Das stimmt. Aber mit den Mädchen bist du nicht so klug!", sage ich zu ihm.

„Ha ha!" sagt Simon.

Auf der anderen Seite der Cafeteria sehe ich das neue Mädchen.

„Ich gehe jetzt und spreche mit dem neuen Mädchen. Simon, schau mir zu und lern. Ha ha!"

*****

Esra

Ich bin in der Cafeteria mit meinen neuen Freundinnen von der Fußballmannschaft, Emilia und Karoline. " Unsere Fußballmannschaft ist sehr gut. Wir wollen im Staats-Turnier spielen."

Plötzlich sehe ich einen Jungen. Es ist der Junge von Müller. Der Junge, der Fußball für den FC Starnberg spielt.

„Hi," sagt er zu mir. „Ich heiße Lukas."

Ich sehe in seine blauen Augen und antworte, „Hi. Ich heiße Esra."

„Freut mich, dich kennenzulernen."

„Mich auch."

„Bist du neu an der Schule?“

„Ja.“

„Ich habe dich bei Müller gesehen und mit der Fußballmannschaft.“

„Ach, ja. Bei Müller!“

„Dein Name gefällt mir. Er ist sehr interessant,“ sagt Lukas.

„Danke. Es ist ein türkischer Name.“

„Fantastisch! Was ist dein Nachname?“

„Yavuz. Was ist dein voller Name?“

„Mein Name ist Matthias Lukas Benninger, wie mein Vater. Aber alle nennen mich Lukas.“

„Oooh.“

„Hast du Snapchat, Esra?“

“Natürlich. Das Konto hat meinen Namen - EsraYavuz.”

„Ist es ok, wenn ich dir eine Nachricht schicke?"

„Ja. Das würde mich freuen."

„Gut. Ich muss jetzt zu meiner nächsten Klasse."

„Ich auch. Es freut mich, mit dir zu sprechen."

„Mich auch. Tschüss, Esra."

„Tschüss, Lukas."

Karoline und Emilia beginnen sofort zu sprechen.

"Wie aufregend, Esra! Lukas Benninger ist der attraktivste und beliebteste Typ in der Schule! Wir sind eifersüchtig! Ha ha!"

*****

Lukas

„Luuuuuuk!" sagt Florian zu mir. „Mit wem sprichst du?"

„Mit Esra, sie ist neu in der Schule. Sie ist sehr nett. Und sie hat schöne Augen."

„Ai, Lukas. Jedes Jahr ist es ein neues Mädchen bei dir."

„Nee, Florian. Dieses Jahr ist es anders."

„Das sagst du jedes Jahr. Lass uns in die Klasse gehen."

Kapitel 10
Lukas

Ich schicke Esra eine Nachricht auf Snapchat.

Lukas Benninger
Hallo Esra. Es war schön, heute mit dir zu sprechen. Magst du Starnberg?

Esra
Hi! Ja, sicher. Gibt es viel zu tun hier?

Lukas Benninger
Na klar. Im Frühling und Herbst chillen meine Freunde und ich gern im Skatepark in Tutzing. Im Sommer schwimmen wir im See. Wir verbringen auch viel Zeit mit Sport.

Esra
Das habe ich gemerkt. Viele Leute in Starnberg machen Sport, oder?

Lukas Benninger
VIELE.

Esra

Was machst du im Winter?

Lukas Benninger

Ich spiele Eishockey mit Florian und Markus, und ich liebe Schifahren.

Esra

Das ist toll!

Esra

Tut mir leid, Lukas, aber ich muss den Müll hinausbringen und für meine kleinen Schwestern kochen. Lass uns in der Schule sprechen.

Lukas Benninger

Ok. Bis dann.

Esra

Tschüss. Bis später.

Kapitel 11
Lukas

Morgen gibt es eine Party im „Orange Beach Club". Das ist ein Club hier in Starnberg. Alle meine Freunde gehen hin: Jonas, Simon, Florian und Markus. Ich gehe auch hin, aber ich will mit Esra gehen. Ich sende ihr eine Nachricht und lade sie ein.

ESRA

es gibt eine Party morgen abend im Orange Beach Club. willst du mitkommen?

*****

Esra

Ich sitze in Herrn Lackners Mathekurs. Er ist einer meiner Lieblingslehrer. Er ist sehr lustig und freundlich. Ich bekomme eine Nachricht auf meinem Handy. Sie ist von Lukas. Er will mich morgen zu einer Party in einem Club einladen. Der Club heißt „Orange Beach

Club". Ich antworte, als Herr Lackner zu mir sagt:

„Esra, was machst du?"

„Eh, eine Nachricht schreiben?"

„In der Matheklasse?"

„Ja. Es ist sehr wichtig," sage ich aufgeregt.

„Warum ist es wichtig?" fragt Herr Lackner.

„Ein Freund lädt mich morgen zu einer Party ein."

„Ok," sagt Herr Lackner und lächelt.

Lächelnd schicke ich Lukas eine Nachricht.

„Ok Esra. Genug," sagt Herr Lackner.

Ich habe keine Zeit, die Nachricht fertig zu schreiben. Ich stelle mir eine tolle Nacht auf der Party vor.

*****

Lukas

Esra antwortet nicht auf meine SMS. Will sie mit mir Pizza essen? In diesem

Moment vibriert mein Handy. Ich habe eine weitere Nachricht.

Kapitel 12
Lukas

Es ist Freitagabend. Ich trage Khakis und ein neues Hemd von Lacoste. Ich mag das Hemd sehr, besonders die Farbe. Es ist lila.

Bevor ich mein Haus verlasse, schicke ich Esra eine Nachricht.

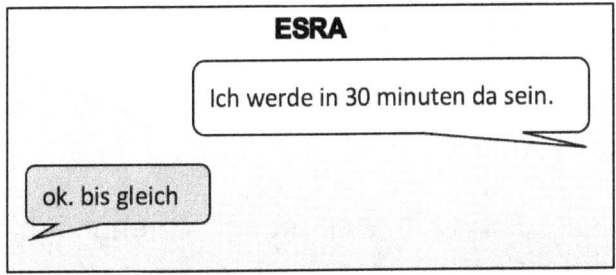

Ich fahre mit dem Bus zu Esras Wohnung. Ich klopfe an die Tür. Esras Mutter öffnet und ich stelle mich vor.

„Hallo Frau Yavuz. Ich heiße Lukas. Ich gehe heute Abend mit Esra aus."

„Es freut mich, dich kennenzulernen, Lukas."

„Einen Moment," sagt ihre Mutter. „Esraaaaa!"

„Ich komme, Mama!"

Esra kommt zur Tür und spricht einen Moment mit ihrer Mutter.

„Tschüss Mama."

„Esra, du musst um 23:00 zu Hause sein."

„Ok. Danke, Mama."

Esra küsst ihre Mutter, und dann gehen wir.

„Du hast eine gute Beziehung mit deiner Mutter, nee?"

„Ja. Sie ist wirklich toll."

*****

Esra

Nach dem Essen in der Pizzeria gehen Lukas und ich zum „Orange Beach Club". Es sind viele Leute da. Einige Jungen und

Mädchen tanzen, und andere reden mit ihren Freunden. Lukas und ich gehen in den großen Raum, um unsere Freunde zu finden. Florian, Simon und Jonas sind mit Emilia und Karoline da. Wir reden über die Party und die Musik.

„Wie ist die Musik?" frage ich die Mädchen.

„Es ist wirklich gut heute. Markus ist der DJ."

„Toll," sagt Lukas. „Ich gehe und rede mit ihm."

Lukas geht und redet mit Markus. Nach ein paar Minuten spielt Markus ein Lied von Nena, das „99 Luftballons" heißt. Lukas nimmt meine Hand und bittet mich, mit ihm zu tanzen. Was für eine geile Nacht!

Kapitel 13
Lukas

Heute Abend schauen Florian, Simon, Markus, Jonas und ich ein professionelles Fußballspiel im Fernsehen an. Es ist ein Qualifikationsspiel für die Fußballweltmeisterschaft in Katar. Markus spricht über das Bankett für die Fußballmannschaft. Florian, Markus und ich spielen zusammen in der Fußballmannschaft.

"Wir müssen das Fußball-Schild stehlen und es dann Trainer G beim Bankett zurückgeben."

„Ach, ja," sagt Markus. „Lass es uns nach dem Spiel machen."

*****

Esra

Alle Jungen sind heute Abend bei Florian und schauen ein Fußballspiel an. Emilia, Karoline und ich haben keine Lust, das Spiel zu sehen. Wir gehen einkaufen ins

Einkaufszentrum. Ich habe Geld von meinem Job, und ich will ein neues Kleid für die Schule kaufen.

Emilia und Karoline haben die Kreditkarten von ihren Müttern. Sie kaufen viel mehr als ich, aber es ist mir egal.

Im Einkaufszentrum gehen wir zuerst zu Esprit. Wir sehen Hosen in verschiedenen Farben und Größen - rot, gelb, grün, rosa und hellblau. Es gibt auch orange Blusen, gelbe Blusen, schwarze Blusen und weiße Blusen. Karoline schaut die Gürtel an und nimmt zwei, einen schwarzen und einen braunen.

„Wie viel kosten sie?" fragt Emilia.

„€50."

„Das ist ein guter Preis," sagt Karoline.

Guter Preis? Für einen Gürtel? Das ist mir viel zu teuer. Ich sage aber nichts. Ich gehe in die Abteilung mit den Kleidern. Ich sehe ein weiß-blaues Kleid, das mir gefällt.

Es hat einen neuen reduzierten Preis. Auf dem Preisschild steht, dass das Kleid jetzt €23.95 kostet. Das ist ein guter Preis für ein Kleid.

Wir bezahlen und gehen zu Hollister. Hollister ist neben Esprit. Die Musik ist sehr laut, also gehen wir wieder. Wir entscheiden, zu H&M zu gehen. Ich mag H&M, weil die Kleidung sehr cool ist und die Preise gut sind. Wir gehen in den Laden. Ich sehe einen Rock, der mir gefällt. Aber die Farbe gefällt mir nicht.

„Ich habe Hunger," sagt Emilia.

„Ich auch," sagt Karoline.

„Und ich brauche ein bisschen Wasser. Lass uns zum Food-Court gehen," sagt Emilia.

Wir gehen zum Food-Court. Er ist weit weg von H&M, auf der anderen Seite des Einkaufszentrums.

Kapitel 14
Esra

Lukas und ich sind jetzt Freunde. Wir verbringen viel Zeit zusammen in der Schule und am Wochenende. Ich bin nicht überrascht, als ich eines Freitags eine Snapchat-Nachricht von ihm bekomme.

Lukas Benninger
Hallo Esra. Was machst du morgen?

Jungen schreiben nicht viel in ihren Nachrichten. Ich schreibe zurück.

Esra
Hi Lukas. Ich muss meine Tante in München besuchen. Willst dumitkommen?

Meine Tante ist die jüngere Schwester von meinem Vater. Sie heißt Damla, und sie ist meine Lieblingstante. Sie ist 35 Jahre alt und wohnt in Perlach mit ihrem Mann Arslan. Er ist Deutsch-Amerikaner. Sie haben zwei Kinder, Erva und Firat. Sie sind meine Kusinen. Erva ist 6 und Firat ist 4. Sie haben viel Energie!

Eine Nachricht kommt auf meinem Handy:

Lukas Benninger
Ja! Ich würde gern mit dir mitkommen.

Perlach ist ein Stadtteil mit vielen Immigranten. Es gibt viele türkische, kroatische, italienische und griechische Menschen, und Menschen aus vielen anderen Ländern. Es ist ein sehr multikultureller Stadtteil.

Kapitel 15
Lukas

Es ist Samstag und Esra und ich nehmen den Zug der Deutschen Bahn vom Starnberger Bahnhof. Wir kaufen Fahrkarten und warten auf dem Bahnsteig auf den Zug.

Nach ein paar Minuten kommt der Zug, und wir steigen ein. Wir reden die ganzen 30 Minuten bis München.

„Was werden wir in München machen, Esra?"

"Ich habe einen tollen Plan für heute. Als Erstes machen wir eine Fahrradtour und sehen Straßenkunst in München. Auf dieser Tour können wir viele tolle Kunstwerke von berühmten Graffitikünstlern sehen.

„Interessant!" sage ich.

Esra und ich fahren mit der U-Bahn vom Bahnhof zum Englischen Garten, wo die Fahrradtour beginnt. Wir hören den Zugbegleiter sagen: „Giselastraße" und wir steigen aus. Auf der Tour sehen wir viel Straßenkunst. Alles ist sehr bunt. Wir lernen auch viel über die Geschichte von Graffiti. Es ist sehr interessant. Danach gehen wir zur Wohnung von Esras Tante und Onkel.

Wir müssen ein Geschenk mitbringen, also gehen wir auf den Viktualienmarkt. Dieser Markt ist im Zentrum von München, in der Nähe vom Rathaus. Der Viktualienmarkt hat Spezialitäten aus der ganzen Welt. Wir kaufen Blumen für Esras Tante und Süßigkeiten für die Kinder.

In Damla und Arslans Wohnung reden wir viel, und die Kinder malen mit Markern. Wir essen Köfte, die Damla gekocht hat. Das Essen ist so lecker.

Im Zug nach Hause chillen Esra und ich. Wir hatten einen schönen Tag in Perlach, einem Teil von München, der mir total neu war.

Kapitel 16
Esra

Es ist die Woche der Semesterferien. Ich muss diese Woche dreimal arbeiten. Freitagmorgen sehe ich Lukas und seine Familie, als sie in das Döner Bistro kommen.

„Hi, Lukas"

„Hi, Esra. Das ist meine Familie. Meine Mutter Katja, mein Vater Matthias, meine Schwester Lena und mein Bruder Max."

„Hallo. Es freut mich, euch kennenzulernen!"

„Hallo. Können wir bitte die Speisekarten sehen?" fragt Lukas' Vater.

„Ehh, ja… eine Minute."

Ich bin überrascht. Lukas' Eltern reden nicht wirklich mit mir. Sie sehen mich auch nicht an. Es gibt ein Problem, und es gefällt mir nicht.

Die Benningers essen ihre Döner, und dann gehen sie. Lukas sagt zu mir:

„Tschüss, Esra. Ich werde dir später eine Nachricht senden."

„Tschüss, Lukas."

*****

Lukas

Nach dem Essen im Döner Bistro sprechen meine Eltern mit mir.

„Deine Freundin ist Türkin," sagt meine Mutter.

„Ja, Lukas. Du brauchst keine Probleme," sagt mein Vater.

„Probleme? Probleme? Esra ist meine Freundin, und es ist kein Problem," sage ich.

„Lukas, du bist nicht auf dem gleichen sozialen Niveau wie sie. Du musst mit anderen Mädchen ausgehen," sagt meine Mutter.

„Nein! Ich mag Esra. Sie ist meine Freundin!"

Nach diesem Tag habe ich viele Probleme mit meinen Eltern. Und ich werde noch viel mehr haben. Es ist furchtbar.

Kapitel 17
Esra

"Esraaaaa," schreit meine Mutter.

"Ich komme!"

Ich gehe in die Küche, wo meine Mutter ist.

"Esra Yavuz, diese Jungen, die in der Zeitung sind, sind sie deine Freunde?"

"Was?" frage ich meine Mutter.

Ich lese den Artikel. Es steht, dass Florian, Markus, Simon und Lukas das Fußball-Schild gestohlen haben.

"Mama, das stimmt nicht. Es gibt eine Erklärung."

„Esra, wir sind nicht für Probleme nach Deutschland gekommen. Wir sind für ein besseres Leben gekommen."

„Ich weiß, Mama. Lukas und seine Freunde sind nicht schlecht. Sie sind gut."

„Esra, du kannst ihn nicht mehr sehen."

„Aber er ist mein Freund. Er ist mein Freeeuuuuuund."

Am Abend schreibe ich Lukas eine Nachricht.

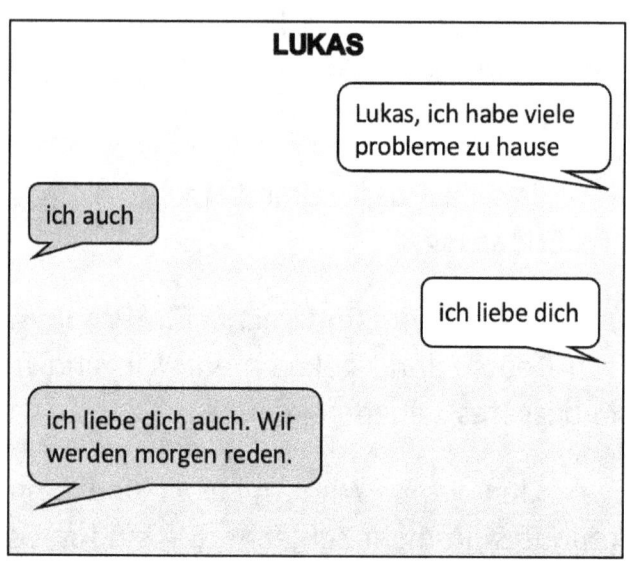

Kapitel 18
Lukas

Esra und ich müssen reden. Wir haben Probleme mit unseren Eltern. Ich spreche mit ihr im Innenhof der Schule:

„Esra, ich will dein Freund sein, aber ich habe Probleme mit meinen Eltern."

„Ich auch, Lukas. Meine Mutter sagt, dass du kein guter Junge bist."

„Die Situation ist schrecklich. Was machen wir?"

„Ich habe keine Ahnung."

*****

Esra

Nachdem ich mit Lukas geredet habe, besuche ich meine Lieblingslehrerin in ihrem Klassenzimmer. Sie ist meine Lehrerin für Englisch.

„Frau Morales, ich habe ein großes Problem."

"Was ist passiert, Esra?

„Lukas ist mein Freund, aber meine Mutter sagt, dass er kein guter Junge ist, wegen dem Problem mit dem Schild. Und seine Eltern akzeptieren mich nicht, weil ich Türkin bin."

Frau Morales versteht die Situation. Ihr Mann kommt aus Guatemala. Sie sagt zu mir: „Esra, du musst mit deinen Eltern sprechen. Sie müssen die Situation verstehen. Lukas ist ein guter Mensch. Und du bist es auch."

„Danke, Frau Morales."

Als ich in ihrem Klassenzimmer bin, höre ich ein Lied. Frau Morales liebt Musik und spielt sie immer in ihrem Klassenzimmer. Es ist ein Lied von Andreas Bourani, es heißt *Auf uns*.

*****

Lukas

Florian und ich sind in der Cafeteria. Wir haben eine Freistunde. Ich spreche mit

Florian über die Probleme mit Esra. Florian hört mir zu, sagt aber nicht viel. Er zeigt mir ein neues Lied. Es heißt *Auf uns*. Dieses Lied ist, was ich jetzt brauche.

Ich mag das Lied. Es ist ein Lied für Esra und mich… ich habe eine Idee. Ich werde heute Abend mit meinen Eltern sprechen.

*****

Nach dem Abendessen spreche ich mit meinen Eltern über die Dinge, die sie über Esra gesagt haben.

„Mama. Papa. Ich will mit euch über Esra sprechen. Sie ist meine Freundin, aber es ist klar, dass ihr Probleme mit ihr habt. Warum?"

Mein Vater spricht zuerst:

"Lukas. Deine Mutter und ich machen uns Sorgen um dich. Die Leute in dieser Stadt sprechen viel."

„Ja," sagt meine Mutter, „diese Stadt mag keine Leute, die anders sind."

„Aber Mama, Papa, Esra ist ein guter Mensch. Ja, sie ist anders, aber sie ist eine gute Person. Und ich denke, dass wir nett sein müssen zu ALLEN."

Mein Vater sieht mich an und sagt:

„Lukas. Du bist ein guter Junge und ein guter Mensch. Wir sind stolz auf dich. Du hast Recht. Alle Menschen sind gleich. Unterschiede sind egal."

Meine Mutter sagt, „Ja, Lukas. Du bist ein guter Mensch. Ich danke dir, dass du mir gezeigt hast, dass ich nicht Recht hatte. Hast du Pläne für den Abschlussball? Ich will, dass du viel Spass mit Esra hast. Dein Vater und ich werden an dem Abend eine Party für die Eltern von deinen Freunden geben. Wir laden ihre Eltern ein."

„Ach Mama und Papa, danke! Ihr seid die Besten!"

Kapitel 19
Lukas

Es ist ein kalter Tag im April. Normalerweise ist es im April kühl und windig. Aber heute ist es kalt, und es schneit. Das passiert selten. Normalerweise schneit es im Dezember, Januar, Februar und März. Im April schneit es nicht. Es ist ein grauer Tag. Ich habe seit langem nicht mit Esra geredet. Ich will aber mit ihr reden. Ich will, dass wir viel Spass beim Abschlussball haben. Ich habe eine Idee. Ich schicke Florian eine SMS. Er muss mir helfen.

Ich gehe zum Fußballplatz. In großen Buchstaben schreibe ich in den Schnee: ALLES WIRD GUT!

Esra ist in ihrer Kunstklasse. Florian geht in die Klasse, um mit ihr zu sprechen.

*****

Esra

Heute ist ein schrecklicher Tag. Es ist nicht sonnig und nicht heiß. Es schneit. Ich bin in meiner Kunstklasse. Ich habe seit langem nicht mit Lukas geredet. Heute bin ich sehr traurig.

In dem Moment kommt Florian in das Klassenzimmer und bringt mich zum Fenster. Er sagt:

„Guck mal."

Im Schnee, mitten auf dem Feld, sehe ich den Satz: ALLES WIRD GUT! Ich sehe auch Lukas. Er hat Blumen in der Hand. Er hat mit seinen Eltern geredet. Sofort schreibe ich ihm eine Nachricht:

„Der Abschlussball wird so toll sein!"

Kapitel 20
Esra

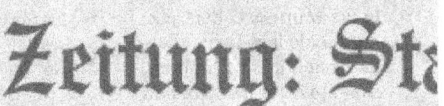

Es ist Ende Mai, der Tag des Abschlussballs. Ich habe keine Probleme mehr mit meinen Eltern. Sie lesen in der Zeitung von dem Streich. Lukas und die anderen haben das Fußball-Schild zurückgegeben. Nach ein paar Minuten gehen meine Eltern und ich zu Lukas' Haus. Wir wollen Fotos machen, bevor wir zum Abschlussball fahren. Während wir auf dem Abschlussball tanzen und essen, feiern alle Eltern eine Party bei den Benningers.

Meine Mutter hat Baklava für die Party gebacken.

Wir machen viele Fotos in Lukas' Garten. Dann fahren alle meine Freunde und ich zum „Orange Beach Club". Wir haben eine wunderbare Nacht. Wir essen ein bisschen und tanzen viel. Am Ende der Nacht sagt der DJ:

„Dieses Lied ist für Lukas und Esra. Es ist ein sehr spezielles Lied." Er spielt das Lied *Liebe ist alles* von Rosenstolz, einem berühmten deutschen Duo.

Lukas und ich tanzen die ganze Nacht. Das Leben ist gut. Sehr gut.

GLOSSAR

A

Abend - evening

Abendessen - dinner

aber - but

Abschlussball(s) - Prom

Abteilung - department

ach - oh

acht - eight

Adresse - address

(keine) Ahnung - (no) idea

aile - family (Turkish)

akzeptieren - to accept

alle - all, everyone

allen - all

alles - everything

als - when, then

als Erstes - for starters

also - so

alt - old

älteren - older

am - on the

Amerikaner - American

an - at, on

andere(n) - other

anders - different

ankomme - arrive

Antalya - a Turkish port city

antworte(t) - answer(s)

April - april

arbeit - work (n.)

arbeite - work

arbeiten - work

arbeitest - work

arbeitet - works

Artikel - article

attraktivste - most attractive

auch - also

auf - at, on

aufgeregt - excited

aufregend - exciting

aufwärmen - to warm up

Augen - eyes

aus - from

ausgehen - date

ausgezeichnet - excellent

Auto(s) - car(s)

B

(Deutsche) Bahn - train (German Rail)

Bahnhof - train station

Bahnsteig - platform

Baklava - traditional Turkish dessert

Ball - ball

Ballett - ballet

Band - band

Bank - bank

Bankett - banquet

Basketball - basketball

Bau - construction

Baufirma - construction company

Bayern - Bavaria

beginnen - begin

beginnt - begins

begrüße - greet

bei - with, at, by

beim - at the

bekomme - receive

beliebteste - most popular

bereit - ready

berühmten - famous

besonders - especially

besseres - better

besten - best

besuche - visit

besuchen - visit

bevor - before

bezahlen - pay

Beziehung - relationship

bin - am

Biologie - biology

bis - until

bisschen - little

bist - are

Bistro - bistro

bitte - please

bittet - asks

blauen - blue

blaues - blue

Bleistifte - pencils

Blöcke - blocks

blonde - blonde

blonden - blonde

Blumen - flowers

Blusen - blouses

(Andreas) Bourani German singer

brauche - need

brauchst - need

braune - brown

braunen - brown
breiten - wide
bringt - brings
BRKN – German
    rapper
Bruder - brother
Brüder - brothers
Buchstaben –
    letters in
    alphabet
bunt - colorful
Büro - office
Bus - bus
Bushaltestelle –
    bus stop

C

Café - cafe
Cafeteria –
    cafeteria
C Arma – German
    R&B singer
chillen - chill
chinesisches –
    Chinese
Chor - choir
Club - club
cool - cool

D

da - there
danach –
    afterwards

danke - thank you
dann - then
darf – am allowed
das - the
dass - that
dein - your
deine - your
deinen - your
deiner - your
dem - the
den - the
denke - think
denn - because
der - the
des - of the
deutsch - German
deutsche - German
deutschen –
    German
deutsches –
    German
Deutschland –
    Germany
Dezember -
    December
dich - you
dick - thick
die - the
Diebstahl - theft
Dienstag - Tuesday
diese - this, these
diesem - this
dieser - this

dieses - this
Dinge - things
dir - you
Döner - doner
   kepap, similar
   to gyro
Doppelherz –
   Double Heart
dort - there
drei - three
dreimal - three
   times
dribble - dribble
dritten - third
du - you
dünn - thin
Duo - duo

E
egal – not
   important,
   insignificant
(es ist mir) egal – I
   don't care
eifersüchtig –
   jealous
ein - a, an
eine - a, an
einem - a, an
einen - a, an
einer - a, an
eines - a, an
einige - some

einkaufen –
   shopping
Einkaufszentrum –
   shopping
   center,mall
(des)
Einkaufszentrums –
   of the mall
einladen - invite
Eis - ice cream
Eishockey - ice
   hockey
Eltern - parents
Ende - end
Energie - energy
Englisch - English
englischen –
   English
entfernt - away
entscheiden –
   decide
er - he
Erklärung –
   explanation
erste - first
erstes - first
es - it
Esprit – clothing
   store
esse - eat
essen - eat
Essen - food; meal
euch - you all

Euro - Euro

F
fahre - drive
fahren - drive
Fahrkarten - ticket
Fahrradtour –
  bicycle tour
fährt Schi – goes
  skiing
Familie - family
Familien - families
fantastisch –
  fantastic
Farbe - color
Farben - colors
Februar - February
feiern - celebrate
Feld - field
Fenster - window
(im) Fernsehen -
  on television
fertig - done
Film - movie
finde - find
finden - find
Firma - company
Fotos - photos
frage - ask
frage mich –
  wonder
fragt - asks

frau - woman, Ms.
freeeuuuuuund –
  friend
Freistunde - free
  period
Freitag - Friday
Freitagabend –
  Friday evening
freitags – on
  Fridays
freiwillige –
  voluntary,
  volunteer
freue - pleased
freuen - please
Freund - friend
Freunde - friends
Freunden - friends
Freundin –
  girlfriend
Freundinnen –
  girlfriends
freundlich –
  friendly
freut - pleases
Frühling - spring
fünf - five
Führerschein
  drivers license
für - for
furchtbar - terrible
Fußballmannschaft
  soccer team

Fußballplatz -
soccer field
Fußballsachen -
soccer stuff
Fußballspiel -
soccer game
Fußballspielerin -
female soccer
player
Fußballtasche -
soccer bag
Fußballtraining -
soccer training
(des)
Fußballtrainings -
of soccer
training
Fußballweltmeiste
rschaft -
World Cup

G

Gang - aisle
ganze - entire,
whole
ganzen - entire,
whole
Garten - garden
gebacken - baked
geben - give
gefällt (mir) - I like
it; pleases me
gefunden - found

gehe - go
gehen - go
geht - goes
geile - wicked
(cool)
gekauft - bought
gekocht - cooked
gekommen - came
gelb - yellow
gelbe - yellow
Geld - money
gemerkt - noticed
genommen - took
genug - enough
Geometrie -
geometry
geredet - talked
gern - like
gesagt - said
Geschenk - gift
Geschichte -
history
Geschwister -
sibling(s)
gesehen - saw
gestohlen - stole
gewohnt - lived
gezeigt - showed
gibt - gives
Giselastraße -
Gisela Street
glatte - smooth
glauben - believe

gleich - equal, similar
gleichen - equal, similar
Graffitikünstler(n) graffiti artists
grandios - grand
grauer - gray
griechische - greek
Grönemeyer – German singer
groß - big
großen - big
großes - big
Größen - sizes
Grundschule - elementary school
grün - green
grünes - green
Gruppe - group
Guck (mal) - have a look
Gürtel - belt
gut - good
gutaussehend – good-looking
gutaussehenden – good-looking
gute - good
guter - good
gutes - good

Gymnasium – secondary school

H
Haare - hair
Haaren - hair
habe - have
haben - have
habt - have
halb - half
hallo - hello
Hand - hand
Händen - hands
Handy - cellphone
hast - have
hat - has
hatte - had
hatten - had
Haus - house
nach Hause – (towards) home
zu Hause - at home
Häuser - houses
Hefte - notebooks
heiß - hot
heiße - am called, my name is
heißt - is called
helfe - help
helfen - help

Helferin - female assistant
hellblau - light blue
Hemd - shirt
Hemden - shirts
Herbst - autumn
Herr - mister, Mr.
Herrn - mister, Mr.
heute - today
hier - here
Hilfe - help
hin - in
hinausbringen - take out
Hollister - clothing store catering to young people
höre - hear
hören - hear, listen
hört - hears, listens
Hosen - pants
Huhn - chicken
Hunger - hunger

I
ich - I
Idee - idea
ihm - him
ihn - him
ihnen - them
ihr - you all, her
ihre - her
ihrem - her

ihren - her
ihrer - her
im - in the
immer - always
Immigranten - immigrants
in - in
Informatikklasse - computer class
Innenhof - courtyard
ins - in the
intellektuelle - intellectual
interessant - interesting
ist - is
Istanbul - capital of Turkey
italienische - Italian
italienisches - Italian

J
ja - yes
Jahr - year
Jahre - years
Januar - January
japanisches - Japanese
jedes - every
jetzt - now

Job - job
Junge - boy
Jungen - boys
jüngere - younger

K

kalt - cold
kalter - colder
kann - can
kannst - can
Kapitel - chapter
Katar - Qatar
kaufen - buy
kein - no
keine - no
keinen - no
Kellnerin - waitress
kennenzulernen - to meet
Khakis - khakis
Kinder - children
klar - clear
Klasse - class
Klassen - classes
Klassenzimmer - classroom
klassische - classical
Kleid - dress
Kleidern - dresses
Kleidung - clothing
klein - little
kleine - little

kleinen - little
klopfe - knock
klug - smart
kluge - smart
Knödel - dumplings
kochen - cook
kocht - cooks
Köfte – Turkish meatballs
komme - come
kommen - come
kommt - comes
komplett - completely
können - can, are able to
konto - account
kosten - cost
kostet - costs
Kreditkarte – credit card
Kreditkarten – credit cards
kroatische – Croatian
Küche - kitchen
Kugelschreiber – ballpoint pen
kühl - cool
Kunst - art
Kunstklasse – art class

Kunstwerke - artworks
Kurse - courses
Kusinen - cousins
küsst – kisses

L

lächeln - smile
lächelnd - smiling
Lacoste - name of a clothing store
lade...ein - invite
lädt...ein - invites
Länder(n) – countries
lang - long
lange - long
langem - long
lass - let
Laufbahn - track
laufen - run
läuft - runs
laut - loud
lebe - live
Leben - life
lecker - delicious
Lehrer - male teacher
Lehrerin - female teacher
leicht - easy
(tut mir) leid - I'm sorry

Leistungskurs - advanced course
Leistungskurse - advanced courses
lernen - learn
lese - read
lesen - read
letztes - last
Leute - people
Leuten - people
liebe - love
lieber - preferably
Lieblingsessen - favorite food
Lieblingslehrer - favorite male teacher
Lieblingslehrerin - favorite female teacher
Lieblingsmannschaft - favorite team
Lieblingsrestaurant – favorite restaurant
Lieblingstante - favorite aunt
liebsten - most
liebt - loves
Lied - song
lila - purple
lockige - curly

Luftballons - balloons
Lust - desire
lustig - funny

M

mach - make, do
machen - make, do
machst - make, do
macht - makes, does
Mädchen - girl(s)
Mädchenliga - girl's league
mag - like(s)
magst - like
Mai - May
(Guck) mal – Have a look
malen - paint
Mama - mama, mom
manchmal – sometimes
Mann - mann
Mannschaft - team
Marker - marker
Markern - markers
Markt - market
Mathe - math
Matheklasse – math class

Mathekurs – math course
März - March
mehr - more
mein - my
meine - my
meinem - my
meinen - my
meiner - my
Mensch - person; human being
Menschen - people, human beings
merhaba - *hello* in Turkisch
mich - me
Minute - minute
Minuten - minutes
mir - me, for me, to me
mit - with
mitbringen – bring along
mitkommen – come along
mitspielen - play, join in playing
Mittagessen - lunch
Mitte - middle
Mittelschule – Bavarian school type, 5-10th grade

mitten - in the middle
Moment - moment
morgen - tomorrow
Morgen - morning; tomorrow
morgens - in the morning
müde - tired
Müll - trash, garbage
Müller – German drugstore chain with wide assortment
multikultureller – multicultural
Musik - music
Musikklasse – music class
muss - have to, must
müssen - have to must
musst - have to, must
Mutter - mother
Mütter(n) – mothers

N
nach - after
nachdem - after

nach Hause – (towards) home
Nachmittag – afternoon
Nachname – last name
Nachricht – message
Nachrichten – messages
nächsten - next
Nacht - night
Nähe von – vicinity of, near
Name - name
Namen - name
natürlich – naturally, of course
Naturwissenschaft natural sciences
neben - next to
nee - no
nehme - take
nehmen - take
nein - no
Nena – German singer of 99 Luftballons
nennen – name, call
nett - nice
neu - new

neue - new
neuen - new
neues - new
nicht - not
nichts - nothing
nimmt - takes
Niveau - level
noch - still
normalerweise – normally
Nudeln - noodles
nur - only

O

ob - if, whether
Oberhaching – town near Munich
oder - or
öffnet - opens
Ohrwurm – catchy song
Onkel - uncle
orange - orange
Ordner - folder
Organisationen – organizations
Ort - place

P

Paar - few, pair
packen - pack

Papa – dad
Papier - paper
Parkschein – parking ticket
Party - party
passiert - happens, happened
Perlach - district of Germany
Person - person
Personen - people
Pizza - pizza
Pizzeria - pizza store
Plan - plan
Pop - pop
Preis - price
Preise - prices
Preisschild – price tag
private - private
privaten - private
Problem - problem
Probleme – problems
professionelles – professional
putzt - cleans

Q

Qualifikationsspiel qualification match

R

Radio - radio
Rathaus - town hall
Raum - room
Recht - right
rede - talk
reden - talk
redet - talks
reduzierten - reduced
Reis - rice
Riesige - giant
Rock - rock (music)
rosa - pink
Rosenstolz – German band
rot - red
Rucksack - backpack
ruft - calls

S

sage - say
sagen - say
sagst - say
sagt - says
Salat - salad
Samstag - Saturday
Sauerbraten - savory German beef dish
schau mir zu - watch me

schauen - watch
schaut...an: looks at
schenken - give
Schi - skiing
schick - send
schicke - send
schifahren - skiing
Schild - sign
(des) Schildes - of the sign
schlank - slim
schlecht - bad
Schnee - snow
schneit - snows
schnell - fast
schon - already
schön - nice, beautiful
schöne - nice, beautiful
schönen - nice, beautiful
schönes - nice, beautiful
schrecklich - awful
schrecklicher – awful
schreibe - write
schreiben - write
schreit - screams
Schule - school
Schulen - schools

Schüler – male student

Schülerin – female student

Schuljahr – school year

Schulsachen - school things

schwarz - black

schwarzen - black

schwer - difficult

schwere - difficult

Schwester - sister

Schwestern – sisters

schwimmen - swim

sechs - six

See - lake

Seeblickweg – street name, Lakeview-Path

sehe - see

sehen - see

sehr - very

seid - are

sein – be OR his

seine - his

seinem - his

seinen - his

seit - since

seit langem - for a long time

Seite - side

selten - seldomly

Semesterferien – semester break

sende - send

senden - send

Shorts - shorts

sicher - sure

sie - she/they/it

sieh dir ... an – look at ...

sieht...an - looks at

sind - are

singen - sing

Situation – situation

sitze - sit

sitzen - sit

Skatepark – skate park

SMS - text message

so - so

sofort – immediately

Sommer - summer

Sommermorgen: 1

Song - song

sonnig - sunny

Sorgen - worries

sozialen - social

Sozialkunde – Social Studies

Spass – fun

später - later

Speisekarten – menus
Spezialität – specialty
spezielles - special
Spiel - game, match
spiele - play
spielen - play
spielt - plays
Sport - sport
sportlich - athletic
Sportunterricht – gym class
spreche - speak
sprechen - speak
sprichst - speak
spricht - speaks
Staats-Turnier – state tournament
Stadt - city
Stadtteil – neighborhood
Starnberg - city in Bavaria
Starnberger Bahnhof – Starnberg train station
stehlen - steal
steht - is written, stands

steigen...aus – get out of (a means of transport)
steigen...ein – get into (a means of transport)
stelle mich vor - (I) introduce myself
stelle mir vor - (I) imagine
Stifte - pens
(das) stimmt – (that) is true, is correct
Stollenschuhe – cleats
stolz - proud
Straße - street
Straßenkunst – street art
Streich - prank
studiert – studies at university
Stunden - hours
Stutzen – football socks
suche - look for
super - super
Suppe - soup
Süßigkeiten – candy

T

Tag - day
Tante - aunt
tanzen - dance
Tasche - bag
Taschenrechner – calculator
technisch - technical
Technologie – technology
Teil - part, section
Tennispark – tennis park
Tennisstunde – tennis lesson
Tier - animal
teuer - expensive
Text - lyrics, text
toll - great
tolle - great
tollen - great
total - totally
Tour - tour
trage - wear
trägt - wears
Trainer - coach
trainieren – practice, work out
trainiert – practices, works out

Training - practice, training
Trainingstag – day of practice
traurig - sad
T-shirt - T-shirt
tschüss - bye
tun - do
Turnier – tournament
Türkei - Turkey
Türkin – Turkish woman/female
türkisch - Turkish
türkische - Turkish
türkischer – Turkish
türkisches – Turkish
tut mir leid - I'm sorry
Tutzing - town in Bavaria
Tür - door
Typ - guy, dude
typisch - typical

U

über - about
überrascht – surprised
Uhr - o'clock

um X Uhr - at X o'clock

um wieviel Uhr – at what time

um...zu... - in order to

und - and

Uniform - uniform

Universität – university

uns - us

unser - our

unsere - our

unseren - our

unserer - our

Unterschiede – differences

ursprünglich – originally

V

Vater - father

verbringen – spend (time)

verlasse - leave, depart

verrückten - crazy

verschiedenen – various, different

Version - version

verstehen – understand

versteht – understand

vibriert - vibrates

viel - much, alot

viele - many

vielen - many

vielleicht - maybe

vier - four

Viktualienmarkt – famous market in Munich

voller - full

vom - from the (von+dem)

von – from, about, by

(stelle mich) vor – (I) introduce myself

(stelle mir) vor - (I) imagine

vorher - before, beforehand

W

während - during

war - was

warten - wait

warum - why

was - what

Wasser - water

Wasserflasche – water bottle

weg - away
(auf dem) Weg – on the way
wegen - because of
weil - because
weiß - know(s) OR white
weiße - white
weißt - know
weit - far
weitere – additional, another
welche - which
Welt - world
wem - whom
wenn - if
wer - who
werde - will
werden - will
Wetter - weather
wichtig - important
wie - how, like, or as
wieder - again
wiedersehen – see again
wieviel - how much
will - want(s)
willkommen – welcome
willst - want
windig - windy

Winter - winter
wir - we
wird - will
wirklich - really
wo - where
Woche - week
Wochen - weeks
Wochenende – weekend
wohne - live
wohnt - lives
Wohnung – apartment
wollen - want
Wort - word
Worten - words
wunderbare – wonderful
wurde gestohlen – was/got stolen
würde gern – would like to, gladly

Y
Yapma – Turkish for "Don't do it"

Z
zeigt - shows
Zeit - time

Zeitung –
newspaper
Zentrum - center,
downtown
zu - to, at
zu Hause - at home
zuerst - first
Zug - train
Zugbegleiter –
conductor
zum - to the
zur - to the
zurück - back
zurückgeben –
give back
zusammen –
together
zwanzig - twenty
zwei - two
Zwillinge - twin

ABOUT THE AUTHOR

Jennifer Degenhardt taught high school Spanish for over 20 years and now teaches at the college level. At the time she realized her own high school students, many of whom had learning challenges, acquired language best through stories, so she began to write ones that she thought would appeal to them. She has been writing ever since.

Other titles by Jen Degenhardt available on Amazon:

La chica nueva | La Nouvelle Fille | The New Girl | Das Neue Mädchen
La chica nueva (the ancillary/workbook volume, Kindle book, audiobook)
Chuchotenango | *La terre des chiens errants*
Pesas
El jersey | The Jersey | *Le Maillot*
La mochila | The Backpack | *Le sac à dos*
Moviendo montañas | *Déplacer les montagnes*
La vida es complicada | *La vie est compliquée*
Quince | Fifteen
El viaje difícil | *Un Voyage Difficile* | A Difficult Journey
La niñera

Fue un viaje difícil
Con (un poco de) ayuda de mis amigos
La última prueba
Los tres amigos | Three Friends | *Drei Freunde* | *Les Trois Amis*
María María: un cuento de un huracán | María María: A Story of a Storm | Maria Maria: un histoire d'un orage
Debido a la tormenta
La lucha de la vida | The Fight of His Life
Secretos
Como vuela la pelota

@JenniferDegenh1

@jendegenhardt9

@puenteslanguage &
World LanguageTeaching Stories (group)

Visit www.puenteslanguage.com to sign up to receive information on new releases and other events.

Check out all titles as ebooks with audio on www.digilangua.co.

ABOUT THE TRANSLATOR

Madelyn McCollough is from Woodbridge, Connecticut and is currently a student at the University of Pittsburgh studying German Language and Cultural Studies. When not wrapped up in something German-related, she likes to spend her time fencing with the school club or watching copious amounts of movies. She is very excited to have the opportunity to help bring these books, which would have been a tremendous help to her as she was beginning to learn German, to others who wish to learn the language too!

ABOUT THE COVER ARTIST

Hi, my name is Dayon Ketchens! I am from Allentown, Pennsylvania. I am currently studying Linguistics and German Language and Culture at the University of Pittsburgh. I enjoy salsa dancing and fencing in my free time! I am excited to help create these books for aspiring language learners!